Gisela Munz-Schmidt

GEDICHTE GEGEN GEWALT

AF204198

IMPRESSUM:

Texte von Gisela Munz-Schmidt
Bilder von Horst Müller
mit freundlicher Genehmigung von Thomas Müller, Kiel
Copyright by Gisela Munz-Schmidt, Owingen, 2016

ISBN Nummern:
978-3-7345-6508-3 (Paperback)
978-3-7345-6509-0 (Hardcover)
978-3-7345-6510-6 (e-Book)

Verlag: tredition GmbH, Hamburg

Gisela Munz-Schmidt

GEDICHTE GEGEN GEWALT

mit Bildern von Horst Müller

Inhaltsverzeichnis:

4

5

Mein Kind

Mein Kind,
gib mir die Hand
und halt sie fest.
Es ist der Krieg,
der aus den harten Klauen
niemanden unversehrt entlässt.

Mein Kind,
gib mir die Hand,
sie hält dich warm.
Es ist die Rache und die Habgier und der Neid,
die führen des Krieges Arm.

Mein Kind,
gib mir die Hand,
die Welt ist kalt.
Kalt ist die Macht,
kalt ist das Geld.
Und eisig ist des Hasses Nacht.

Mein Kind,
gib mir die Hand.
Wir glauben, dass das Wunder nicht zerbricht.
Wir wollen widerstehen.
Wir suchen sanftes Licht.
Wir wollen langsam gehen.
Wir sterben nicht.

Zerschossen

Zerschossen
weinen die Häuser,
die Menschen fliehen
mit stöhnenden Herzen,
mit klagenden Händen,
und die Wunden, die Wunden.
Sie tränen
und schwären
und brennen
und schmerzen.

Darüber lacht
die Sucht nach Macht,
die Lust auf Sieg.
Hoffnung zerspringt im Krieg.

Gewalt

Gewalt
ballt ihre Faust,
Hass macht sie heiß,
Wut macht sie weiß,
Neid macht sie blass,
Gier schürt den Hass,
macht sie toll,
macht sie wild,
macht sie blind –
sie schlägt
und trifft voll
Mann,
Frau,
Kind.

Die Not ist groß

Die Not ist groß,
und unsere Macht ist klein.
Die Armut wiegt die Kinder ein
und bringt sie um ihr Händchen Lachen, Händchen Glück
und bringt sie um.
Stumm und dumm
gehen wir
und stur,
vorwärts nur,
und sehen nicht die Spur,
die führt
zurück.

Der dunkle Hunger

Der dunkle Hunger
geht in Herden um,
und die Geier sind schon da,
und die Fliegen sind schon da,
und die Gräber
werden geschaufelt –
nur du fehlst noch,
und ich
fehle.

Es kommt mir der Krieg

Es kommt mir der Krieg
zwischen meinen Alltag.
Die zerbombte Brücke
bricht über meine Schüssel,
und das blutende Kind
weint mir aus dem Teller.

Meine Hände sind weiß
und meine Finger bleich.

Unschuld?

Entsetzen.

Krieg

Der Krieg, die Geißel, der Kampf ist alt.
Wer warf den ersten Stein?
Jeder ist Abel. Jeder ist Kain.
Statt Brüderlichkeit Gewalt.

Jeder wird von den Bomben getroffen.
Und jeder wirft sie. Dort übt wieder ein Kind.
Gas und Napalm machen uns blind.
Aus Trümmern und Asche wächst Grauen statt Hoffen.

Was lauert verborgen in unseren Genen?
Ich. Du. Mein. Dein. Es erstirbt das Sehnen
nach Gnade. Wir lehnen

erschöpft mit dem Rücken zur Wand.
Bollwerke. Standrecht. Kein Widerstand.
Gräber und Kreuze aus eigener Hand.

Die Gequälten

Den Gequälten
haben die Quäler
die Sprache verschlagen,
sie mundtot gemacht.

Doch in mancher Nacht,
wenn du wach liegst,
hörst du ihr Weinen und Wimmern und Klagen,
und du biegst
fast wie sie
deinen eigenen Rücken.

Wenn sie uns so
nicht lautlos riefen,
schliefen
wir weiter.

Aber es krümmen sich unsere Knochen,
und wir verstecken uns in den Kissen,
weil wir wissen:
Es ist dort noch mehr zerbrochen.

15

Aber

Pfahlhäuser
über das Grauen
bauen.
Nicht
in den Abgrund schauen.
Gott vertrauen.
So geht es eine Weile.

Aber der Schrecken schlägt Wellen
und nagt
raue Stellen
in glatte Gesichter.
Die Pfeile
vernichten die Ziele.
Messer, Drohnen, Bomben, Beile.
Der Übel
werden zu viele.
Aufsteigt der Schlamm
und wird dichter.
Klamm
werden Hände
und Augen weit.

Doch die Endzeit
kennt keine Eile.

Mach das Tier in dir

Mach das Tier in dir
ruhig handzahm.
Aber wecke das Untier in dir und anderen
nicht auf,
Denn es hetzt,
und es bleckt,
und es leckt
im Blutrausch
und schreckt vor nichts zurück.

Unser Menschengesicht

In unser Menschengesicht
ist mit blutigen Runen der Hass eingeschrieben.
Unsere Hände tragen Waffen.
Aber unsere Augen suchen das Licht.
Und unsere Herzen wollen eigentlich lieben.

Homo homini lupus

Als die vielzitzige Wölfin
Romulus säugte und Remus,
wäre ich gerne dabei gewesen
und hätte sie beide fortgestoßen und weggezogen:
Schafsmilch sollt ihr trinken.

Aber Kain hat Menschenmilch getrunken,
und schon damals, nach dem Brandopfer,
war alles zu spät.

Der Wind ist schuld, der Wind,
denn er hat den Rauch in den Abgrund geweht,
den wir seither bewohnen.

Einmal

Einmal,
ich erinnere mich,
kroch ich aus der Schale.
Entpuppt.

Und nun bin ich geworden,
was ich schon immer war:
Eine Hirtin
am Wasser,
eine Hüterin
am Feuer,
und dunkle Asche tropft mir
aus dem hellen Haar.

Der Mutterboden

Mutter, der Boden ist dunkel.
Mutter, hier riecht es wie Blut.
  Gläser zerrüttet,
  Kirschen verschüttet.
  Kindchen, alles ist gut.

Mutter, hier lebten doch Frauen,
die sie lebendig verbrannt.
  Fauler alter Hexen-Zahn,
  tumber, dumpfer Aber-Wahn,
  lange her, gibt's nicht mehr.
  Denk nicht dran.

Mutter, hier war doch ein Schlachtfeld.
Mutter, hier giert noch die Macht.
  Soldaten und Heere,
  Gewalt, Tod und Ehre,
  so war es, Kind.
  Gute Nacht.

Gelbe Sterne-Blumen wachsen aus dem Sand,
blühen aus fahler Asche
überall im Land.
  Still, mein Kind, schweig stille,
  rede nicht von Schand´.
  Es war nicht unser Wille.
  Weiß ist deine Hand.

Mutter, junge Hände
warfen auf Fremde Brände,
und alte klatschten dazu.
   Mein Kind, lass mich in Ruh´.

Mutter, mich ängstigt der Boden,
bin ohne Rast noch Geduld.
Winziger bleicher Leichen
kleine knöcherne Zeichen.

Der Boden ist voller Schuld...

Anne Frank

Und mich schmerzte
Anne Frank Anne Frank Anne Frank
wie wahnsinniges Weh einer Wunde,
die sich entzündet
unter der Haut.
Und wie lange wie lange wie lange
dauerte es,
bis alles aufbrach,
und ich ihr in die dunklen Augen sehen konnte.
Anne Frank.

Aus: Amsterdamer Elegie

23

Wir können die Brände

Wir können dir Brände von gestern
hüben und drüben
nicht wieder löschen.
Aber wir können
das Feuer hüten
und Menschsein lernen und üben.

Es wurde nicht nur ein Friedhof geschändet

Es wurde nicht nur ein Friedhof geschändet.
Was dann?
Der Glaube.
Und sie zerstörten nicht nur Kreuze.
Was sonst?
Hoffnung.
Und es wurden nicht nur Steine beschmiert.
Was noch?
Wiedergutmachungsversuche.
Und es wurden nicht nur die Toten beleidigt.
Wer denn?
Ihre Angehörigen,
ihre Freunde,
die Erbauer der Gräber,
ihre Nachbarn
und überhaupt...

Wer überhaupt?

Du.
Ich.

Im Winter

Im Winter kann ich das alles
nicht abtun
wie ein leichtes Kleid.
Zu viel hängt schwer
in den alten Mänteln,
eingewoben die Hetze
der Mörder-Netze,
eingefärbt der stochernde Tod,
der mit der Sense
im Eis gefrorener Massen-Gräber
sucht und findet.
Eingekrustet
der Hass und der knöcherne Hunger
und die Bilder,
wie sie starben
zuhauf
übereinander untereinander
und darüber
zusammengeschlagen
die Kreuze aus Recht und aus Unrecht
und wie sie daran zerbrachen –
bringt mir
ein besseres wärmeres
schöneres Gewand –
Ist denn
da
keins?

KZ Friedhof Birnau am Bodensee

Hier halten wir an.
Hier halten wir ein.

Aus jedem Grab ein Ruf, ein Schrei
an mich und dich:
Mein Bruder! Meine Schwester!
Lernt brüderlich, schwesterlich sein!
Ein Mensch. Nie mehr ein Kain.

Von hier gehen wir aus.
Von hier gehen wir weiter.

Kind der Erde

Meine Arme spann´ ich von der Taiga
bis an Frankreichs schöne Küste.
Meine Wurzeln treiben
unter all den vielen Inseln,
und am großen Himalaja
bette ich mein Haupt.

Afrika ist meine Wiege,
in die Anden komm´ ich spät am Abend,
und im weiten Reich der Mitte
liegt mein Kunstverstand.
Dort am Kap siehst du mich tanzen,
hörst mein Lachen tief in Georgia,
und in Sydney gib mir deine Hand.

Ich bin ein Kind der großen Mutter Erde,
und alle ihre Kontinente sind mir gleich vertraut.

Und rot und schwarz und weiß und gelb und braun
ist meine Haut.

Eisschmelze

Im Winter friert das kalte weiße Eis an deine Haut,
und du stemmst rotbackig deine Wärme dagegen.

O stemmtest du immer deine ganze Wärme
gegen jegliches Eis,
auch wenn du bebtest,
damit es zerrönne.
Die Liebe gewönne.
Du lebtest.

GHASEL I

Alle Menschen sollen hören.
Unvernichtbar ist die Liebe.

Alle sollen das Wort betören.
Unvernichtbar ist die Liebe.

Niemand kann die Hoffnung stören.
Unvernichtbar ist die Liebe.

Leben darf kein Mensch zerstören.
Unvernichtbar ist die Liebe.

Und wir glauben und beschwören.
Unvernichtbar ist die Liebe.

GHASEL II

So wie Menschen Pferde achten,
die sie brauchen, wenn sie reiten,

so wie Menschen Schiffe pflegen,
die durch Seen, Flüsse, über Meere gleiten,

so wie Menschen Zelte bauen,
die sie nehmen als ein Dach in fernen Weiten,

so wie Menschen Felder säen,
die sie pflügen in die Längen und die Breiten,

wie die Klugen Pläne machen,
wie sie prüfend wägen alle Seiten,

sollen Menschen lernen,
wie sie ohne Mord und Gift und Waffen streiten.

Trost (Ghasel)

Ich halte deine Schmerzen in mir aus
und sing' so lang, bis deine Wunde heilt.
Inzwischen bauen andere ein Haus.
So lange sing' ich, bis die Wunde heilt.
Ich binde aus vergessnen Blumen einen Strauß
und singe lange, bis die Wunde heilt.
Und wenn die anderen hasten, und ein jeder eilt:
Ich bin geduldig, und ich sing' so lang,
bis deine Wunde heilt.

Mein Feind

Wasser in Wüsten tragen.
Stete Tropfen auf Steine weinen.
Salz der Erde
nie wieder
in Wunden zielen.
Wunden verbinden.

Deine Wunde,
mein Feind,
verbindet
dich mit mir
für immer
und ewig.

Stelle dich immer wieder

Stelle dich immer wieder
in die Lichterkette
und zünde deine Kerze an
gegen den Wind
und schütze sie
mit deinen bloßen Händen
gegen den Sturm.

Aber hüte dich!

Ein heller Tag…

Einen hellen Tag wollte ich,
  dunkel wurde er.

Lachen wollte ich,
  und weinte.

Tanzen wollte ich,
  und stolperte.

Aber in der Dunkelheit lernte ich sehen,
das Weinen befreite mich,
und durch mein Stolpern fand ich anderes am Wege.

Gib mir die Mutter heraus

Gib mir die Mutter heraus
aus deinen Krallen, Tod.
Leg sie mir in den Arm wie ein Kind
und träufle Mohn auf mein brüllendes Herz,
damit mir Ende vorkommt
wie Anfang
und nicht
wie Verlust.

An ein früh verstorbenes Kind

Du hast den zweiten Pfad
vor deinem ersten Weg begonnen,
bist einem schweren erdgebundenen Sein entronnen,
und unbeschädigt schwebst du nun
in einem anderen Land.

Ob du an unserer Seite so nicht enger weiterlebst als jene,
die jetzt die weichen Arme greifbar um uns schlingen?
Du kannst uns Botschaft
aus den anderen Welten bringen,
in die wir selbst nicht dringen,
doch die wir ahnen.

Hilf du die Schritte uns hinüber bahnen.
Gib uns dein weites Herz
und deine kleine unsichtbare Hand.

Von den Alten lernen

Von den Alten lernen
und „Freund Hain" stammeln.
Erinnern, dass alles endlich ist,
und wir nicht
die Herren
und Frauen
der Welt.
Wieder wissen,
dass alles gegeben wurde
und genommen wird
und dass wir den Sinn dazwischen
einladen
wie einen Gast von
weither,
um von ihm zu hören.

Wer Trauer weint

Wer Trauer weint,
der kann auch Liebe lachen.

Das Kind

Du bist mein Kind.
Ich hab dich nicht geboren.
Ich habe dich erwählt.

Ich sah dich traurig und allein an deiner Ecke stehen.
Nach beiden Seiten konntest du noch gehen.
Da bat ich dich.
Und lockte dich mit einem Schälchen Milch.
Da strichst du mir ums Bein
und sahst mich an mit großen Augen,
die in der Nacht viel besser sehen.
Du brauchst mich für den Tag.
Ich brauch dich für die Nacht.
Da liegst du dann, nachdem du weit und fremd gezogen,
in meiner Beine Beuge. Dein Bild in meinem Herz.

Die Wörter

Tu doch den Wörtern nicht –
wie niemandem -
Gewalt an:
Sie stellen sich ein,
so wie Wind sich fügt um ein Blatt,
oder wie Wasser,
das ruhig und lächelnd
spielt an Gestein.

Schlange und Taube

Mein Gefühl sandte ich aus
wie eine Schlange,
die den Grund erspürt
gleitend,
und meine Gedanken
wie eine Taube,
der am Himmel nichts entgeht,

und rief sie beide zurück:
Was habt ihr gerochen, gesehen?

„Gewalt und Grausamkeit und Blutgericht",
die Schlange spricht.

Die Taube sagte: "Nein. Das sah ich nicht.
Bei Tag und in der Nacht sah ich ein großes Licht."

Die Taube

Und wieder steigst du auf
wie eine weiße Fahne
aus Meeren dunklen Bluts zerstückter Leiber
und schwebst.

Wie lange dieses Mal?

Doch eine wichtige Weile
als ein Zeichen:

So könnte es,
wenn wir nur alle wollten,
für immer sein.

Der Wesen Bezüge

Der Wesen Bezüge
untereinander voneinander
unsichtbare Gefüge
draußen und drinnen
übereinander nebeneinander
Netze und Stützen und tragende Balken.
Das Lange, das Feste, das Breite, das Runde.
Gaukelnde Falter.
Blaffende Hunde.
Schaukelnde Affen.
Sammelnde Bienen.
Webende Spinnen.
Reißende Falken.
Unaufhörlich unhörbare Stimmen.

Die Haltbarkeit der Brücken

Die Haltbarkeit der Brücken
aus Blicken
und Händedrücken
und Nicken,
aus Lachen und Weinen,
Brust an Brust,
Rücken an Rücken,
ist besser,
auch biegsamer,
als jene der starren Stege
aus Mauern,
Angstschauern,
aus Stricken und Tücken
und Ketten und Leinen,
als jene aus Steinen...

Was lebt, will leben

Es will werden, was sich regt.
Es will wachsen, was sich bewegt.
Es will leben alles, was lebt.

Es will blühen alles, was steht.
Will gedeihen alles, was geht.
Es will leben alles, was lebt.

Es hat ein Jegliches sein Recht
auf Würde, Ehre, Gestalt.
Jenseits von Art und Geschlecht.
Jenseits von Jung oder Alt.

Das Leben will werden, das Leben will sein,
und wenn auch die Erde bebt:
Es will leben alles, was lebt.

Wunsch

Am liebsten schriebe
ich in Klängen nur und Zeichen.
Die weichen
Wörter nähme ich
und sagte sie mit halbgeschlossenen Augen
und fühlte Kräfte unter ihnen taugen
und Farben sängen drüber hin,
und endlich wüsste ich:
Wer du bist.
Wer ich bin.

Und ich verstände schließlich, was das ist:
Die Liebe.

Jetzt

Noch nicht.
Doch schon.

Kurz
sind die
Übergänge,
und das Ganze ist
ständig
im Wandel.

Noch Frost.
Doch schon
Vor-Frühling.

.

Auftrag

Wie ein Priester
bei der Weihe
hingestreckt
liege ich vor dem Tod.
„Steh auf",
sagt das Leben.

Ausweg

Kalter Regen schnitt
in dunkle Spinnweben
und bleiern
bleckte der Asphalt.

Da lief ich
und holte mir
einen Arm voll Rosen.

NACHWORT

Mitte der neunziger Jahre haben Horst Müller und ich unter dem Eindruck der damaligen Kriegs- und Gewaltereignisse das Manuskript für dieses Buch zusammengestellt.
Ich hatte es vergeblich ein oder zwei Verlagen angeboten, und es verschwand dann in der Schublade.
Leider prägen Gewalt und Leid auch die Gegenwart, und deshalb, vielleicht als sprachliches und bildhaftes Mittel zu Auseinandersetzung und Bewältigung, will ich es nun veröffentlichen.
Horst Müller ist inzwischen tot, aber sein Sohn Thomas Müller hat mir die Genehmigung zur Veröffentlichung erteilt, und nach wie vor finde ich, dass diese Bilder mehr ausdrücken, als tausend Worte es vermögen.
Obwohl mich das Thema Gewalt später immer wieder beschäftigt hat, entschloss ich mich, im Andenken an Horst Müller die Anordnung der Bilder und Texte nahezu unverändert so zu belassen, wie wir sie damals gemeinsam geplant haben.

Meinem Mann Dr. Werner Schmidt danke ich für die Hilfe bei der Umsetzung, und bei Oswald Burger und Dr. Angelika Thiel bedanke ich mich für Anregungen und die Durchsicht.

Owingen, im Dezember 2016   Gisela Munz-Schmidt

HORST MÜLLER

1939 Geboren in Nickenich/ Rheinland-Pfalz
1953-1957 Ausbildung Technisches Zeichnen
1957-1979 Marinedienst – u. a. Zeichner für Technik und Werbung
1978 Umzug von Kiel nach Überlingen
Ab 1984 freiberuflicher Maler, Malerausbildung bei Prof. H. Losert,
Bildhauerausbildung bei Prof. Ch. Shimotani
Seit 1985 Einzelausstellungen und Beteiligung an
Gruppenausstellungen im In- und Ausland
1986 Umzug von Überlingen nach Owingen
1990 Bildband Horst Müller, Malerei
1992 Bildband Horst Müller, Malerei und Plastik
       Broschüre Überlinger Variationen
1994 Katalog Syrlin Kunstpreis
       Katalog Kunstförderung Baden-Württemberg
1995 Katalog Internationaler Bodensee-Club
Öffentliche Ankäufe durch Museum, Gemeinde, Sparkasse und
Land Baden- Württemberg
2008 Freitod

GISELA MUNZ-SCHMIDT

1947 in Neckarsulm geboren, in Heilbronn aufgewachsen
Nach Abitur (Scheffelpreis) Studium der Anglistik und Germanistik
in Heidelberg
Gymnasiallehrerin an den Gymnasien Wertheim und Sandhausen bis
1984, ab 1993 bis 2008 am Staufer - Gymnasium Pfullendorf
Seit 1972 verheiratet, zwei Kinder, fünf Enkel
Seit 1984 in Owingen, hier Gemeinderätin 1989-1994
Seit 1990 kleinere Publikationen, u. a. mit Horst Müller
Mit Marlene Thomsen „Erfüllung finden" im Bahn Verlag Konstanz
Ab 1995 Lyrikbildbände mit Sibylle Buderath
im Verlag Stadler, Konstanz:
Wege zum See, Blumen am Weg, Bäume am Weg, Rosen am Weg,
My Way along Lake Constance, Winter-und Weihnachtsbuch

FSC
www.fsc.org
MIX
Papier | Fördert
gute Waldnutzung
FSC® C083411

Zeitfracht Medien GmbH
Ferdinand-Jühlke-Straße 7
99095 Erfurt, Deutschland
produktsicherheit@kolibri360.de